福宝

淘气包大熊猫宝宝福宝的成长记录

韩国爱宝乐园 〔韩〕姜哲远◎著 〔韩〕柳汀勋◎摄
马珊珊◎译

北京科学技术出版社

中文版序言

即使是在科技不断进步的现代社会，新生命的诞生仍是神秘而美好的，这让我们对大自然充满敬畏。

在漫长的职业生涯中，我见证了许多动物的诞生，其中大熊猫的诞生给饲养员带来的压力和紧张感比任何其他动物的都多。大熊猫宝宝福宝的诞生让我们感到无比兴奋和幸福。

能够参与从爱宝怀孕、分娩，到福宝出生和成长的整个过程，这让作为饲养员的我感到非常幸福。看着福宝慢慢长大，我也收获了很大的安慰和感动。

福宝带给了大家大爱和幸福，我怀着传递这份感情的心情，写下了这篇序言。此外，我也想向一直诚挚地支持我们，向我们提供大熊猫饲养技术指导的中国专家朋友们表达无限的感谢。

不管福宝今后在哪里，我都希望它能永远像现在这样幸福。此外，我还有个小小的心愿，希望它能记得在小时候曾经遇到过一个还不错的饲养员。

福宝啊，你永远是爷爷的宝宝！我爱你！

饲养员 姜哲远

序 言

我从小就非常喜欢动物，所以成为动物饲养员对我来说是一件自然而然的事情。我在动物园工作了 30 多年，大半辈子都在和动物打交道。我照料的动物给我带来了无数的回忆和欢乐，而遇到大熊猫宝宝福宝是我在职业生涯中最值得感恩的事情。

2020 年 7 月 20 日的晚上，随着爱宝分娩的结束，一声如雷鸣般响亮的叫声仿佛让整栋大楼都震动了：大熊猫宝宝诞生了！我和我的同事欢呼着、互相拥抱着，一起庆祝盼望已久的这一天的到来。

我和大熊猫的初次相遇是在 1994 年。和大熊猫相遇本身就是个奇迹。从那时起，我就对大熊猫着迷了，并将“亲自参与繁育大熊猫”作为了我的人生目标。从帮助大熊猫寻找喜欢的配偶、交配、怀孕、分娩到培育大熊猫宝宝，繁育大熊猫的每一步都并不容易，所以我必须事先进行大量的研究和准备工作。幸运的是，197 克的大熊猫宝宝平安地诞生了，并且在妈妈爱宝的悉心照料下茁壮成长。

看到有这么多人喜欢福宝，我感到非常幸福。每当听到人们说，即使他们很疲惫，但只要看到福宝，脸上就会浮现笑容，我就会为自己有“福宝爷爷”的称号深感自豪。

与大熊猫这种神秘而神奇的生物相遇，让我不禁感叹大自然的伟大。在动物无法生存的地方，人类也无法生存。如何建立一个能够让动物和人类共同生存的美丽世界，是我一直在思考的问题。我梦想着有一天，动物与人类都能作为大自然的一部分幸福地生活在一起，也一直在为此付出努力。

在未来，福宝将会长大，并且终有一天会回归大自然。这本书记录了这只第一只在韩国出生的大熊猫宝宝的成长故事，帮助我们永远记住福宝在宝宝时期的样子。让我们一起收藏和福宝在一起的宝贵时光吧。

目　录

第三部分 “我就喜欢在树上待着！”

第四部分 更高的树，更美的风景

第一部分

大熊猫宝宝出生啦！

雌性大熊猫宝宝福宝刚出生时的样子。体重 197 克，身长 16.5 厘米。

01

Baby Panda Fubao

出生时 197 克的粉红色大熊猫宝宝

2020 年 7 月 20 日，21 点 49 分。

在大熊猫爱宝和乐宝交配后的第 121 天，它们的宝宝出生了。这是第一只在韩国出生的大熊猫宝宝！每当回想起那一刻，我都抑制不住内心的激动。刚出生的大熊猫很迷你，粉红粉红的，看上去与我们了解的黑白色的大熊猫并不相同。随着时间的推移，大熊猫宝宝的毛色会逐渐变成白色，耳朵、眼周和前后腿的毛色则会逐渐变成黑色。

在能睁开双眼前，大熊猫宝宝是通过嗅觉和触觉来感知周围环境的。那么，在大熊猫宝宝第一次与世界“亲密接触”时，它会听到和感受到什么呢？

02

Baby Panda Fubao

世界上睁眼最快的大熊猫

通常情况下，大熊猫宝宝在出生后的第 40 天左右才会睁开眼睛。但是，福宝在出生后的第 15 天就睁开了左眼，第 18 天就睁开了右眼，是世界上睁眼最快的大熊猫宝宝。不过，福宝虽然睁开了眼睛，但它的视力还没有发育好，所以什么也看不到，还是只能靠嗅觉和触觉寻找妈妈。

03

Baby Panda Fubao

“哼哼哼，妈妈在哪里？”

大熊猫宝宝现在还无法爬行，所以它无法依靠自己的力量接近妈妈。如果饿了或需要帮助，大熊猫宝宝就会用叫声向妈妈发出信号。

大熊猫宝宝身上该变成黑色的地方基本都已经变成了黑色，只有一个地方除外。你知道是哪里吗？就是鼻子。大熊猫宝宝的鼻子要到出生后第四个月才会变黑。

04

Baby Panda Fubao

“我的宝贝，健康地成长吧！”

大熊猫妈妈爱宝抱着自己的宝宝，温柔地舔舐它。这样做能让大熊猫宝宝变干净，也能起到按摩的作用。在长到 4 个月大前，大熊猫宝宝都没办法自理，所以大熊猫妈妈会通过按摩帮助宝宝排便和排尿。

05

Baby Panda Fubao

一天 23 个小时都在睡觉

大熊猫宝宝每天要睡 23 个小时。你看，宝宝和妈妈睡觉的姿势是不是一模一样？因为吃着妈妈的奶，再加上每天都有充足的睡眠，所以大熊猫宝宝每天都在快速成长。酣睡中的大熊猫宝宝就像一个小天使。

06

Baby Panda Fubao

为福宝举办百日宴啦！

百日的大熊猫宝宝的眼睛是亮亮的。现在，它已经能清楚地看清周围的环境了。在这一天，大熊猫宝宝也有了自己的名字——福宝！这一名字的含意是“带来幸福的宝物”。

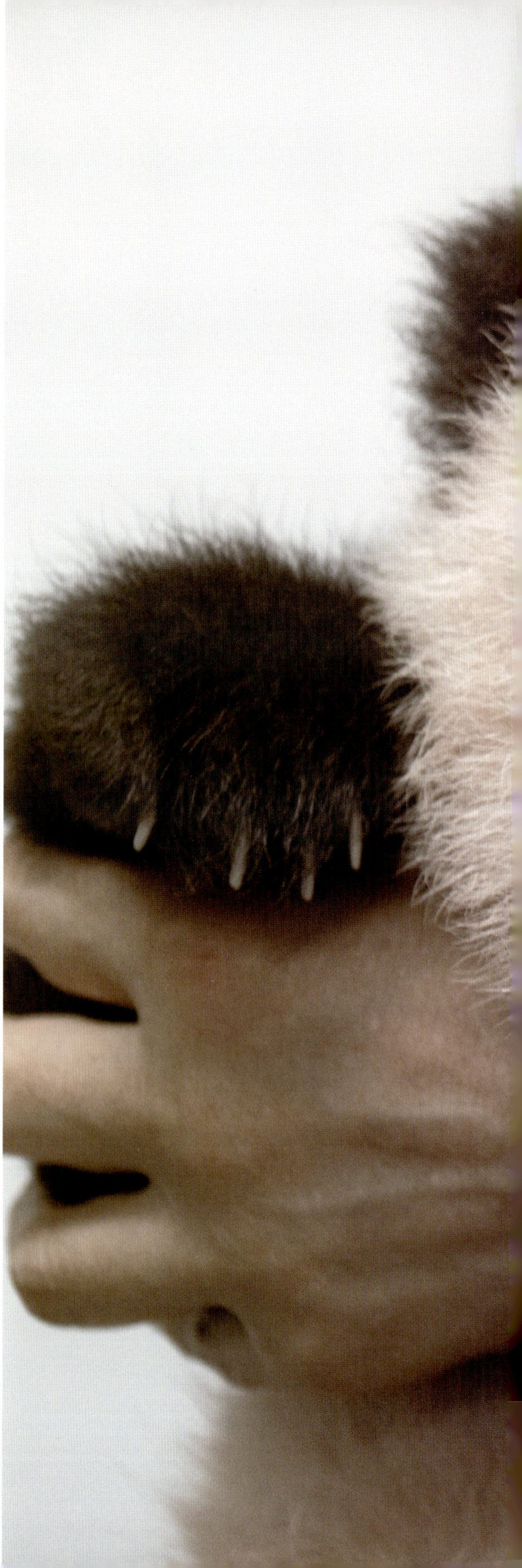

注:“저의 100 일을 축하해 주세요!”意为“我百日啦，请祝福我吧！”

福宝的新生儿用品

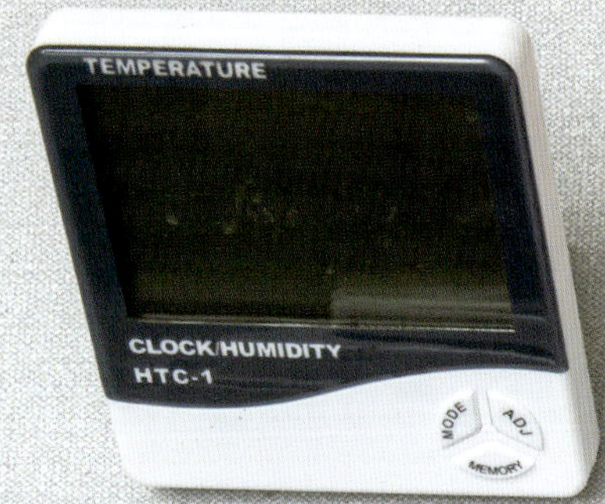

1. 温湿度计

监测产房和保育箱的温度和湿度。

2. 安抚玩偶

放在保育箱中，在健康检查时对福宝起安抚作用的大熊猫宝宝毛绒玩具。

3. 高精度电子秤

为福宝量体重的电子秤。

4. 新生儿抱被

健康检查时放在保育箱中的福宝的第一条新生儿抱被。

5. 卷尺

用来测量福宝的身长。

6. 奶瓶

饲养员代替大熊猫妈妈给福宝喂奶时用的奶瓶。

7. 小烧杯

在人工喂养期间测量乳汁量的小烧杯。

8. 奶瓶清洗刷

9. 不同时期使用的不同尺寸的奶嘴

10. 50 毫升的离心管

在人工喂养期间用来稀释和确认乳汁量的离心管。

11. 注射器

在人工喂养期间用来稀释及确认乳汁量的注射器。

12. 体温计

测量福宝体温的温度计。

13. 荞麦枕头

用来托住福宝的胸部，避免它在吃奶的过程中移动。

第二部分

福宝的“暴风式”成长

07

Baby Panda Fubao

迈向世界的第一步

和妈妈一起在产房待了 4 个月后，福宝终于可以出去玩耍了。它第一次感受到了外面的世界。对福宝而言，新鲜的空气、绿草、树叶、潮湿的土壤……一切都是新的。

08

Baby Panda Fubao

“最喜欢和妈妈一起玩儿了！”

和妈妈一起玩耍的福宝是不是看起来特别开心啊？福宝是一个对一切都感到好奇的大熊猫宝宝。妈妈爱宝为了不让福宝陷入危险，总是要仔细地检查四周。

注：和宝宝分开生活的大熊猫爸爸乐宝把有福宝气味的玩具抱在怀里嗅了嗅。

09

Baby Panda Fubao

福宝是个小淘气鬼

在五六个月大的时候，福宝变得更调皮了。它特别活泼，对世界上的一切都感到好奇。一会儿站起来、一会儿倒挂着、一会儿爬树、一会儿跳起来，一整天都很忙。它因此可没少挨妈妈训。

10

Baby Panda Fubao

练习爬树

就像人类婴儿在学习走路时经常摔倒又爬起来一样，大熊猫宝宝也在不断地练习爬树，爬一段又摔下去。但是福宝从未感到害怕，也从未放弃。

11

Baby Panda Fubao

福宝是妈妈的“跟屁虫”

福宝对妈妈吃的竹子非常好奇。它模仿着妈妈，也把竹子放到嘴边，想要尝尝味道。不过，大熊猫宝宝在 1 岁前主要还是吃妈妈的奶。大熊猫宝宝的消化系统无法处理坚硬的竹子，大概要到 9 个月至 1 岁大时，它才会慢慢开始吃竹子。

第三部分

“我就喜欢在树上待着！”

12

Baby Panda Fubao

“妈妈的树现在是我的了！”

大熊猫喜欢高大的树木，那儿是可以避开天敌的安全之所。

福宝爬上了妈妈爱宝在过去 5 年之中每天睡觉时都会爬上的那棵树。妈妈很大度地把树让给了宝宝。福宝在树上的时候，爱宝就在树下一边吃着竹子，一边守护着女儿。

13

Baby Panda Fubao

“妈妈，再和我玩儿一会儿嘛！”

淘气包福宝一直想和妈妈玩耍，但是妈妈正忙着吃竹子和窝头[①]呢，没空搭理它。你能感受到想和妈妈玩耍的福宝那恳切的眼神吗？

① 窝头：动物园为大熊猫开发的一种营养丰富的面食。

14

Baby Panda Fubao

在树上的悠哉时光

福宝在树上待着的时间越来越长，完全没有回家的想法。妈妈爱宝等了好一会儿也不见福宝下来，等累了只能自己先回去了。

在树上享受美好时光的福宝是不是特别可爱啊？

15

Baby Panda Fubao

油菜花盛开的春日

在我去四川接福宝的妈妈爱宝、爸爸乐宝的时候，我清楚地记得，当时那里开满了黄色的油菜花。每年春天，我们都会在大熊猫的园区里种上油菜花，让大熊猫有家的感觉。幸运的是，福宝也非常喜欢油菜花，它喜欢拿着油菜花玩儿，有时还调皮地把花枝折断。

福宝真是个小淘气鬼！爷爷什么时候都会和你一起玩儿的。不要生病，健康地长大吧。

第四部分

更高的树，更美的风景

无法阻挡的“野丫头”福宝

福宝喜欢在土里玩儿。它每天都在地上打滚，满身都是土，让人都快忘了它身为大熊猫，本来的毛色应该是黑白相间的。妈妈爱宝虽然很担心，但也只是无言地关注着女儿。

这就是妈妈的爱，不是吗？

17

Baby Panda Fubao

大熊猫、竹子和竹笋

和其他大熊猫一样，福宝也表现出了对竹子和竹笋的兴趣。虽然现在还不能吃竹子和竹笋，但总有一天它会津津有味地品尝这些美食的。为了这一天的到来，我们正在努力准备新鲜的竹子和竹笋。对现在的福宝来说，它们还只是玩具。

18

Baby Panda Fubao

一下子就长大了的大熊猫宝宝

福宝的体重已经超过30千克了，因此，举起它是一件非常困难的事。我一直努力健身，保持体力，但仍然很难跟上它成长的速度。不过，看到茁壮成长的福宝，我依然会感觉全身充满了力量。

虽然福宝的块头变大了很多，但是它还是会和妈妈爱宝玩耍，用小爪子抓住我的腿、让我陪它玩耍……它仍然是一个小宝宝啊！

19

Baby Panda Fubao

到树上“郊游”！

今天福宝不在平时的熊猫馆内场，而是在外场。福宝爬上了一棵特别高的树，但是它一点儿都不害怕。我非常惊讶地看着它“蹭蹭蹭”地爬了上去。

“福宝什么时候长这么大了？”我为福宝感到骄傲，但也有一些伤感 。

20

Baby Panda Fubao

爬得高一点儿，再高一点儿

福宝像武林高手一样坐在高处的树杈上欣赏风光。福宝在高处看世界时会有怎样的感受呢？

尾　声

迎接一个生命的降临，见证它成长的每一个时刻，

虽然我们语言不通，但心是相通的。

一起感受大自然的独特和珍贵。

虽然生命的缘分不能永远持续，

福宝在某天也会离开这里，独自生活，

但我依然希望它一直都像现在这样健康、开朗，

也希望它能成为像妈妈爱宝那样的好妈妈……

福宝啊，我们爱你！

和"福宝爷爷"姜哲远饲养员的十问十答

Q1：大熊猫每天睡几个小时？

一般情况下，成年大熊猫每天睡19~20个小时。大熊猫在白天和夜间都活动，白天吃竹子、睡觉，晚上也吃竹子，然后活动一会儿继续睡。它们的消化系统是适应肉食的，因此不好消化竹子，在进食后6小时左右，它们就会把吃的东西排泄出去。为了获取营养，大熊猫需要多吃；为了降低能量消耗，大熊猫需要多睡。所以，如果分析大熊猫的活动时间，只区分吃和睡的时间就好了。

Q2：大熊猫宝宝会和妈妈在一起生活多长时间？

大熊猫宝宝和妈妈会在一起生活18~24个月。大熊猫是独居动物，大熊猫宝宝到了能够自食其力的年龄后，就会离开妈妈独自生活。大熊猫宝宝是不会和爸爸一起生活的。大熊猫爸爸会在交配结束后马上离开，独自生活，而大熊猫妈妈则会独自经历怀孕、分娩、育儿的过程。在育儿期间，为了种族的延续，大熊猫爸爸会在发情的季节与其他雌性大熊猫见面。

Q3：大熊猫宝宝什么时候开始吃竹子？

大熊猫宝宝一般在9个月至1岁的时候才会开始吃竹子。在那之前，大熊猫宝宝会试着嚼竹子或竹笋，慢慢学着咽下去。大熊猫宝宝每天会吃一次妈妈嚼过的竹子，这样的竹子好消化。成年大熊猫吃竹叶和竹子的茎。大熊猫的牙齿很适合咀嚼和撕开坚硬的竹子。因为竹子皮可能会伤到消化器官，所以大熊猫在吃竹子的时候会把外面的皮全部剥掉，只吃里面的茎。

Q4：大熊猫宝宝的排便频率高吗？

大熊猫宝宝2~3周排便一次。和其他动物的幼崽不同，大熊猫宝宝不经常排便。在出生后的前4个月，大熊猫妈妈会通过按摩的方式帮助宝宝排便。在那之后，即使没有妈妈的帮助，大熊猫宝宝也可以独自排便啦。

Q5：大熊猫宝宝什么时候成年？

大熊猫宝宝在5岁左右才会成年。到那时，它就可以和异性大熊猫交朋友、生宝宝了。成年后，大熊猫可以毫不费力地吃下竹叶和竹子的茎，力气也变得非常大，几乎没有天敌。

Q6：大熊猫宝宝爬到那么高的树上，不危险吗？

与其他动物相比，大熊猫前爪的抓力很强，所以大熊猫是爬树的高手。它用前爪抱住树干后，抬起后爪，再抬起前爪从而往前移动，重复这样的动作，就能爬得很高。大熊猫宝宝 5~6 个月大的时候，会一边练习走路，一边练习爬树，在 7 个月大的时候就能成为爬树高手。大熊猫的骨骼柔软又结实，在能很熟练地爬树之前，大熊猫即使从树上掉下来也不会受伤。

成为爬树高手的大熊猫能爬到 30 米高的树上。大熊猫能很好地分辨出能够承载自己的体重、不容易被折断的树枝。大熊猫为了躲避天敌，安全地休息、睡觉，除了进食时间，大部分时间都生活在树上。

Q7：大熊猫宝宝在泥里打完滚儿后需要洗澡吗？

大熊猫宝宝不需要单独洗澡。大熊猫的毛是致密的，毛与毛之间的间隙小到连灰尘和泥土都很难进去，所以它们很快就会重新变得干净。一般来说，健康的动物都能清洁好自己的毛发。大熊猫不喜欢热的地方，如果觉得热，就会去水里玩儿来散热。玩儿水就相当于洗澡了。而且，大熊猫宝宝会被妈妈舔得很干净。

Q8：熊猫宝宝长大后还喜欢吃竹笋吗？

竹笋是大熊猫最喜欢吃的营养零食。竹笋是竹子刚长出来时的嫩芽，味道鲜美，而且营养丰富。但是，在韩国，我们只能在 4 月中旬到 6 月中旬获取竹笋。为了保证大熊猫的营养，我们会在那时集中收集竹笋。为了帮爱宝补身子，我们将竹笋放在超低温（-70 ~ -80℃）环境中保存起来，避免营养流失。在福宝出生后，食欲不振的爱宝吃竹笋吃得很香。

Q9：如何判断大熊猫宝宝的性别？

大熊猫宝宝在外观上没有雌性和雄性的区别。一般而言，我们可以很容易地通过外部生殖器或体型的差异判断出动物的性别，但大熊猫幼崽的外观都是相同的，也没有暴露在外的生殖器，因此很难判断。出生 3 年后，雄性大熊猫的生殖器官开始暴露在外面，这时我们才能准确分辨大熊猫的性别。

Q10：福宝的妈妈爱宝是个怎样的妈妈？

爱宝是非常优秀的妈妈。有人担心爱宝会攻击福宝，但实际上大熊猫妈妈是不会攻击自己的孩子的。大熊猫妈妈通过游戏来教会宝宝在野外遇到天敌时如何进行攻击和防御。为了不让大熊猫宝宝受伤，大熊猫妈妈会调节自己的力量，教会大熊猫宝宝独立后在野外生活的方法。

著作权合同登记号　图字：01-2023-3060

图书在版编目（CIP）数据

福宝：淘气包大熊猫宝宝福宝的成长记录 / 韩国爱宝乐园，(韩) 姜哲远，(韩) 柳汀勋著；马珊珊译．— 北京：北京科学技术出版社，2023.9（2024.2 重印）
ISBN 978-7-5714-3146-4

Ⅰ．①福…　Ⅱ．①韩… ②姜… ③柳… ④马…　Ⅲ．①随笔-作品集-韩国-现代②大熊猫—画册　Ⅳ．① I312.665 ② Q959.838-64

中国国家版本馆 CIP 数据核字 (2023) 第 125584 号

策划编辑：	马心湖	**电　　话：**	0086-10-66135495（总编室）
责任编辑：	田　恬		0086-10-66113227（发行部）
责任校对：	贾　荣	**网　　址：**	www.bkydw.cn
装帧设计：	源画设计	**印　　刷：**	北京盛通印刷股份有限公司
图文制作：	旅教文化	**开　　本：**	787 mm × 1092 mm　1/16
责任印制：	李　茗	**字　　数：**	25千字
出 版 人：	曾庆宇	**印　　张：**	8.5
出版发行：	北京科学技术出版社	**版　　次：**	2023年9月第1版
社　　址：	北京西直门南大街16号	**印　　次：**	2024年2月第4次印刷
邮政编码：	100035		

ISBN 978-7-5714-3146-4

定　　价：98.00元